吳濁流（1900～1976）

出生地——新竹縣新埔鎮

母校——臺灣總督府國語學校師範部

職涯經歷——公學校教師、報社記者、翻譯、「機器工業同業公會」財務組長、《臺灣文藝》雜誌社創辦人等

寫作關懷關鍵字——歷史時局、國族認同、殖民社會、本土意識、政治亂象

代表著作——古典漢詩《吳濁流集》、長篇小說《亞細亞的孤兒》、《無花果》、《台灣連翹》等

吳濁流

目次

閱讀𠊎庄

客委會主委序

臺三線過去被視爲經濟不發達，且資源相對貧乏的偏鄉僻壤，但在如此艱困的的土地上，卻孕育了許多偉大的文學作家，包括新埔的吳濁流、北埔的龍瑛宗、龍潭的鍾肇政、卓蘭的詹冰、中壢的杜潘芳格以及南部六堆的鍾理和、鍾鐵民等等，客籍文學家可說是撐起「臺灣文學的半邊天」。

這些甚至有機會獲得諾貝爾獎的文學家都是臺灣的國寶，今天在全國文化界、文學愛好者中有其知名度與歷史定位，但是這些文學前輩過去埋首創作的全盛時期，多處在威權戒嚴時代下，本土文學作品不易刊載、出版、流通，能與讀者見面的機會很少，導致許多在地鄉親從來不知道自己庄內有這樣的大作家，亦未曾閱讀過其作品，實爲相當遺憾。

客家委員會歷年來，包括近年在前瞻計畫的支持下，整建了多座文學紀念館，包括鍾肇政文學生活園區、杜潘芳格文學紀念館、吳濁流藝文館、龍瑛宗文學館、詹冰文學故事館等。我們做好這些館舍，除了讓外來遊客來訪時能知道這些偏鄉其實是臺灣文學大師的故鄉，進而感受到這個庄頭的人文深度，也希望在地人透過閱讀本庄文學家作品，對自己家鄉能有更多的認識與認同，甚至將這份榮光向外發散。

身為臺灣人不可不知臺灣事，身為客家人更該知道客庄重要的文化珍寶、熟知源於家鄉土地的文學。

「閱讀我庄文學家推廣」計畫，不只是硬體的建設，我們從作家故鄉的鄉親開始推廣閱讀，先以鄉為單位，針對國高中生、青年、甚至社區的成人讀書會，將作家精采的作品摘錄成容易閱讀的版本，同時邀請專業人士進行導讀與文學走讀，希望讓客庄鄉親透過本庄作家的文學，提升在地藝文素養，未來則在作家故鄉所在的縣市進行全縣的推廣。這是出版這套讀本的目的，也是我們推動厚植客庄社區藝文能量的具體措施之一。

期望每一个客家人都做得熟識客庄事，透過閱讀客庄在地文學名家个作品，認識家鄉，產生認同，毋單止了解客家文化，更對「偓庄」同感榮光！

客家委員會主任委員　楊長鎮

客委會主委序

閱讀伍庄

寫小說，是為時代做見證

文◎彭瑞金（臺灣文學評論家）

吳濁流的一生

吳濁流出生於新竹新埔，日治時代臺灣總督府國語學校師範部畢業，是漢詩人、小說家也是文學運動家。他曾任公學校教師，因抗議郡視學凌辱臺籍教師，憤而辭職，赴中國任《南京新報》記者，著有《南京雜感》記述他看到的中國。返臺後，他續任《臺灣日日新報》、《臺灣新生報》等報記者，直到二二八事件發生，轉往大同工學院、臺灣機械同業公會服務，直至退休。

吳濁流任職苗栗四湖公學校時，適值苗栗漢詩社栗社成立，他也是栗社的重要詩人。一九三五年左右，他開始以日文創作小說，〈水月〉、〈泥沼中的金鯉魚〉都是這時期的作品。在戰爭期間寫的長篇小說《亞細亞的孤兒》，不僅內容上是驚天之作，也爲他的新文學創作定格定調，和戰後的《無花果》、《臺灣連翹》，都有他獨創、獨具的小說創作風格。

一九六四年，鑑於世風萎靡，吳濁流毅然捐出私蓄創辦《臺灣文藝》，成爲反共文學當道時、一支突出的本土文學旗幟。爲發揚光大臺灣文學，更成立吳濁流文學獎，並捐出退休金成立「吳濁流文學獎基金會」。他對臺灣文學的貢獻及影響，既深且遠。

《亞細亞的孤兒》及其寓意

作者在日文版的〈自序〉中說：「這部小說，是我在戰爭時期寫的，也就是從一九四三年起稿，至一九四五年脫稿，以臺灣在日本統治下的一部分史實做爲背景。但當時這是任何人都不敢寫的史實，這些事情我照史實毫不忌憚地描寫出來。」同時，他還說，寫這部作品時，他住在臺北警察署宿舍的對面，以最不安全的地方反而安全的理由，沒有搬家。不過總是寫了兩、三張稿紙便藏在廚房的炭簍裡，累積到一定的數量就送回鄉下的老家。

〈自序〉說明了吳濁流的小說創作理念——寫小說是爲了向自己經歷的時代交代，冒著被發現會以叛逆者或反戰者論罪的危險，不顧自身安危秉筆據實直書。他也認爲寫這樣的作品，時機來了、稍縱即逝，才迫不及待寫下來。這和他後來經歷二二八事件，寫《無花果》及交代身後二十年才能發表的《臺灣連翹》情形相同，他的小說除了反映時代、社會的眞相，爲歷史留下見證之外，訐奸伐惡、以春秋之筆寫小說，也是吳濁流獨步文壇的特色。

《亞細亞的孤兒》最早是以小說中的主角「胡太明」爲書名，分五篇出版，印至第五篇時，承印的《民報》因二二八事件遭封社，印妥的第五篇遭封存，事後卻散失。一九五六年，在日本出版時就改爲現在的書名。「胡太明」用白話說，就是「爲什麼要堅守大明臣民的立場？」臺灣漢裔移民都以漢人自居，明也是漢人建立的朝代。原書名「胡太明」可用肯定的語氣解讀爲「爲什麼要堅守大明臣民的立場」，也可以疑問句解讀爲「爲什麼？」。「太明」即「大明」，代表日治初期不同世代的臺灣知識分子，對漢族移民裔文化身分認同的差異，受過漢文教育的一代，都自認自己屬於大明遺民，這是主角太明祖父胡老人的觀念，胡太明這一代，就要問自己明明是日本人，爲什麼還要自認爲是大明遺民？改題的原因，據作者自白說是與世界名人越共領袖胡志明的名字太相似，在反共國策下，恐遭攀誣。隔年在日本再版時，曾改名《被扭曲的島》。楊召憩未經作者授權的漢譯本，則以《孤帆》爲名，之後，傅恩榮的譯本，未註明譯者的廣鴻文、遠行、前衛、草根版，以及黃玉燕依日文重譯的春暉版，都以《亞細亞的孤兒》爲題。

漢譯本的讀者及研究者，大部分不再就「太明」切入，以胡太明全部的經歷看，孤兒意識是小說主角胡太明故事的終極意象，也是吳濁流一生履歷的結語。胡太明的一生都是在日治時代、戰爭時期度過，儘管臺灣總督府大力推動皇民化運動，臺灣人終究還是臺灣人、不是皇民，到了中國卻被懷疑是日本間諜，四處碰壁。臺灣人是亞洲的孤兒，恐怕找不到更貼近的形容。對照戰後的臺灣人以中國爲祖國，二二八事件以及日後的白色恐怖統治，忍不住要讓人想起吳濁流的先知預言——孤兒哪來的祖國？

從選本看全文

本文選僅節選全文六分之一不到的篇幅，無法以管窺天。下面以分篇簡述的方式，讓讀者認識這部小說的全貌。

第一篇

生在亂世濁流中的胡太明，適逢政權改朝換代，已有三十五年維新歷史的日本政權取代封建帝制的清國統治臺灣。失去政權依靠的漢人傳統文化和代表現代新文明潮流的日本文化交替的時代，出現像太明的祖父胡老人那樣的、試圖力挽漢文化於狂瀾的傳統勢力，也有像太明這一代的，即使勉強由祖父安排進入漢書房，還是不敵唸公學校的新時代潮流。漢書房教育失去科舉功能之後，只剩延續漢文和漢文化的功能，能做爲謀生工具的只剩看風水的地理師、漢醫、算命、漢書房塾師等日趨黃昏的行業。胡老人和彭秀才是這類人的代表。

太明是新的世代，從國語學校師範部畢業，是穿文官服的公學校教師。父親胡文卿是舊知識體系培養出來的漢醫，新時代的知識不足，面對西醫只能自嘆不如，雖努力吸取新知，想趕上時代潮流，但本質上是舊人物，有了錢有了地位就染上了舊鄉紳的毛病，金屋藏嬌、蓄妾、嫌棄糟糠之妻，即使中了仙人跳破財，也不肯回頭。

太明一到派任的公學校，便發現日本人教師和本地人教師壁壘分明的對峙，他雖無意介入，但受到本土人教師的猜忌和冷諷熱嘲，一天也不曾休止。至於日本人教師則是進不去的銅牆鐵壁。

「選本」只選到這裡，第一篇還有以下幾個重要情節：

（一）和太明同梯進入該公學校的日人女教師內藤久子，二人互有好感，但當太明正式告白時，久子卻以彼此不同民族讓太明絕望。

（二）太明認眞輔導學生，創下空前的優秀升學成績。但無力改變日人教師對本地學生的歧視和暴力相向的過度體罰。

（三）一向爲人溫和、沈默的曾訓導，在教學研究批評會上，針對有人批評公學校學生日語欠佳，是本島人教師的責任。反駁說，本島人教師日語不好，不是日本人教的嗎？校長自己的日語，也是錯誤連篇，校長口口聲聲「內臺一如」，卻連會場的教師名牌都在歧視本島人教師。教訓校長眞正的內臺一如是對人不懷偏見、不戴有色眼鏡來看人。曾訓導說完頭也不回地走出會場，辭職不再回到學校。

（四）彭秀才去世，象徵舊時代結束。經過青春慟哭失戀打擊的太明，不相信畢業於明治大學、在中國住了四年回來的師範前期學長的話，「臺灣人到哪裡都因爲是臺灣人，而處於受歧視的立場」，仍毅然決定到日本留學。

第二篇

太明到了日本之後，先是滿心歡喜地讚嘆：「優美的國土，優美的人民！」昔日師範學校中途退學的藍姓同窗卻澆了他一盆冷水，「臺灣是鄉下，你所持有的思想，在這裡不適用，你一年級生從頭開始學習吧。」、「你在這裡最好不要說出自己是臺灣人。臺灣人說的日語很像九州口音，你就說自己是福岡或熊本地方的人。」令太明疑惑的是，在臺灣的臺灣人，不過是內臺不平等的二等國民，至少還可以當臺灣人，到了日本，臺灣人卻自動放棄臺灣人身分，假冒別地方的人。

太明進入工業學校就讀，以到日本留學的目的是學習實業知識，拒絕參加臺灣社會運動的團體「臺灣青年」，太明低調卻堅持臺灣人的身分。激進的藍，不敢在日本人面前表白臺灣人身分，卻用北京語和中國人打成一片，高喊「建設新中國」、「打倒帝國主義」的口號。廣東來的中國人認同太明的客家人身分，聽到太明是臺灣來的，立刻翻臉說他是間諜、日本特務的爪牙。太明氣得掉頭而去，藍反責他是不足與共事的「豎子」。

日本留學經驗，讓太明見證了臺灣人離開臺灣之後，如何自我消解。回到臺灣卻一直找不到工作，家族成員爲了分產的事勾心鬥角，生命陷入迷惘、徬徨。因巧遇公學校同事黃君，應邀到他的農場幫忙。對農場女工施行現代知識教育，教導她們日語、算術、生理衞生的基本知識，避免孕婦因拒絕男醫而難產死亡的悲劇重演。但農場難敵殘酷的現實、經營不下去了，特務的爪牙也找上太明，加上日本財團的侵門踏戶、連胡家祖墳都遭侵佔，卻苦無對策，屈從派鄉紳甘爲統治者鷹犬，故鄉已面貌全非，於是興起遠走中國的念頭。

第一次離鄉去日本，是爲了尋找「臺灣人」生存的新天地，鎩羽而歸，歸來的故鄉已沒有他的容身之處。再次離鄉，是被迫出走，已經沒有「幻想」，是流亡也是逃生。

第三篇

促成太明南京行的就是昔日厲聲譴責歧視臺籍教師的校長後，憤而辭職的曾訓導，日本帝大畢業後到了中國，返臺奔喪巧遇太明，回去南京後爲太明覓得專門學校教職。到了南京的太明暫住曾家，加速學習北京話。太明由上海登岸時，曾即提醒別洩露二人的臺灣人身分。曾說：「我們到那裡都不會被信任，如宿命的畸型兒似的。我們本身沒有任何罪，卻要接受這種待遇是不公平的。我們不要有成爲受排斥的繼子根性，我們不是要用語言，而是用實際行動來證明，爲建設中國而犧牲的熱情，我們不落人後。」太明的日本經驗可以理解曾的心態，卻忍不住自問：「因爲是『蕃薯仔』（臺灣人的別稱），爲什麼就必須忍受如此屈辱呢？」生爲臺灣人，難道就必須要面對原罪般被扭曲的命運？

太明在上海看到的是「以讀書人爲傲的封建思想的殘滓」，以古典的優雅活在近代文明裡的上海，「這些……只使人的靈魂痲痺，沒有使人靈魂安祥之物。」太明離開上海到南京的火車上，看見一個年輕的女子連鞋站上天鵝絨面的座席取架上的行李。南京街頭看到的是徘徊街頭的乞丐、野鷄（流鶯），破壞公園的重物，只知大砲數目的花花公子，從睡夢中醒來，不是應酬吃飯、打牌，就是聽戲。專注牌局的父母，可以不管孩子生病、發高燒。太明後來與淑春（穿着鞋站在火車座席上取行李的女子，他們在太明的課堂上相遇）結婚，生下一女，把小孩交給奶媽照顧，照樣出去跳舞打牌。太明根本無法從淑春身上找到成家的慰藉，又不能做盲從的愛國主義者，他仍然是漂泊、無依的孤兒。

西安事變後的某天半夜，南京警察逮捕了他，理由只是因爲他是臺灣人。連乞丐、野雞都可以存在的南京，卻沒有臺灣人存在的空間，除非和曾一樣掩藏自己臺灣人的身分。太明從不掩藏自己的臺灣人身分，但也要有人舉報才會被逮捕。太明的中國行，見證了「臺灣人」在中國也是犯罪的罪行。太明被關在充滿臭氣臭蟲的陰暗斗室裡，設若不是嫁給警官的學生素珠和幽香聯手相救，胡太明這亞細亞的孤兒，很可能就要成了中國南京城裡的冤死孤魂。

第四篇

逃命回到故鄉的太明，立刻成爲警察監視的對象，家園也完全變了貌，民眾已完全屈從於日本統治，哥哥當了保正，把家裡的房間改成榻榻米。戰爭爆發後，民生物資被大量搜刮。不能享有正常國民權利的臺灣人，卻要負起超過一般日本國民的戰爭責任。太明為避免出門被跟蹤，乃閉門讀書，日本人卻不放過他，以海軍軍囑的名義把他召赴戰場，派赴廣東。太明在此見識了殺人如兒戲的戰爭荒謬現象，被強迫觀看一場、為節省子彈、改用武士刀行刑、同時酷殺十八名中國人的場景。擔任刑場通譯的太明當場暈厥，連日高燒囈語，被認為不可救藥送回臺灣。

隨著戰局吃緊，皇民化的步調加快，太明回鄉靜養時，當保正的哥哥、鄉長助理、附近的知識分子，都改了日本姓名。太明在自宅附近墾地種香蕉，被水利會指為擅自開墾。接着收到水利會通知，為了增產需把池塘填平，改為水田。改作水田的池塘，年收穫量不過千斤，依照公定價格僅九十二元五角三分，需繳特別水租三十五元，加上普通水租，以及開墾費和地租，比買新田還貴。何況，池塘填平，下方的四、五甲田地要變成看天田。戰爭使統治者瘋狂，爲了增產，庄役所要求農民要正條密植，插秧的間隔用尺測量，縱二十一公分，橫二十公分，七十歲的老農憑一生的耕作經驗，知道怎麼插秧收穫量最高，檢查員硬是逼老農插好的秧田，犁掉重插。市上已買不到米了，米糧都被軍方搜刮殆盡，警察和保正組成搜查隊搜查民眾私藏米穀。太明的母親，可以說是被「食日本屎」的保正兒子氣病致死。太明的同父異母弟志南加入青年團，又被迫申請志願兵。

戰爭帶來的鄉里和家裡的景象，雷厲風行的皇民化運動，固然令人擔心面臨民族滅亡的危機。但太明認爲皇民化的確是打擊臺灣人脊梁骨的政策，表面上臺灣人也許會因此而失勢，不過中這種政策毒的僅是一小部分眼睛被利益蒙蔽的人，多數的臺灣人，尤其是農民依然保持著未受毒害的健全精神。他們沒有知識、沒有學問，但得自大地的生活，與大地緊密相連，不爲名利、宣傳動搖，代表民族的希望仍在，所以，太明以黎明前的黑暗形容這個時代。

第五篇

珍珠港事件發生後，日本美國正式宣戰，苦無出路的太明，在糧食局的外圍機構米穀協會擔任會計，這裡讓他徹底見識了日本官僚的貪腐、無能，他們霸佔了主管職位，有許多學歷、教養良好、品德高尚的臺灣人，無法任官。太明無法忍受這樣的工作環境，辭職離開到臺北的雜誌社工作，卻發現文化圈裡充斥著只爲自己謀利益的軍國主義幫閒幫凶。旋又接到動員令，出席勤勞護國獻身會。回到故鄉時，遇到庄役所的職員挨家挨戶收取總動員獻金，看診一人收三角錢的胡文卿，應捐一千元。戰爭末期的臺灣人，既遭物資的剝削，又遭精神上的凌虐，可以說已陷入全民瘋狂的狀態。保正志剛的兒子達雄大學不唸了，要參加志願兵，迷信皇民化的保正父親竟然很高興，經過太明的激烈駁斥，達雄才表示重新考慮。太明的弟弟志南，應召勞動，過勞病倒，送回家不久就死了。

弟弟的死，導致太明發瘋了，終日吟誦：「頭家是大哥／大哥是賊頭／人剝皮／樹剝皮／山也剝皮」、「白晝土匪」。有人說，胡太明瘋了，有人說他是佯狂裝瘋。有人說他偷渡遠走他鄉，有人說看到他走向大海自沉。總之，幾個月後，太明便突然消失了，再也沒有人知道他的下落。

以小說創作挑起被殖民者的命運

《亞細亞的孤兒》雖然有不少吳濁流自己的生命履歷可以對照比讀，但它仍然是百分之百虛構的小說，不要拿吳濁流的個人經歷去按圖索驥。的確，胡太明和吳濁流年紀相仿，有許多相同的人生經歷，作者的小說這麼寫，純粹是要爲和他同時代知識分子的身心經歷，留下歷史的見證。

祖父胡老人固然期許太明能延續漢文化的香火，卻經不起時代新思潮及現實的衝擊、考驗，漢文化是油盡燈殘。太明接受的日本教育，是和西方現代化思潮接軌的、立足在人道、人權、民主、自由、法治等現代化指標的新思潮。

祖父是臺灣人的根，太明代表的是臺灣人的希望、願景，但當太明邁入臺灣人的現實社會生活之後，做爲殖民地人的挫敗，讓他不顧一切從臺灣逃出去，逃去日本、鎩羽而歸，逃去中國、差一點冤死囹圄，才發現天大地大，並沒有臺灣人遁逃的空間。像原罪一樣，臺灣人無論逃到哪裡，都要背負著這樣的原罪，所謂亞洲的孤兒，就是從這裡興發的。但《亞細亞的孤兒》不再逃避原罪，而是以「唯孤臣孽子，其操心也危，慮患也深」的心態，正面迎戰殖民地人的命運。

胡太明選擇出走以換取臺灣人生存空間的作法，未必是正面迎向命運的積極作爲，但太明每一次從外面回來，都發現殖民統治者在臺灣人立足的土地上帶來更多新的苦難。每走出去一次再回來，即增加一重他做爲臺灣人苦難負荷的重量，可見吳濁流並不以「逃」爲殖民地人的救贖之道。

小說的結局，胡太明是佯狂或眞瘋並不重要，面對軍國主義者排山倒海而來的瘋狂舉措，有良心有自覺的有知識臺灣人，不瘋狂又能如何？

其實，吳濁流在第四篇早有伏筆，不論戰爭販子如何瘋狂，皇民化毒害多深，臺灣社會的光源、希望還是立足大地生存的多數農民。孤兒的噩夢、孤兒的命運，和胡太明一樣消失於茫茫大海又何妨？

世界如今又變
成灰色了。
如果探索它的
底流，不一定
沒有潛藏著可

——吳濁流 日文版自序

苦楝花開的時節

和暖的春天太陽照射在背上，胡太明被爺爺牽著手，一面數著腳下的石子，一面爬上通往後山的小徑。小徑的兩旁是雜木林；幾隻不知名的小鳥在樹枝間跳來跳去，「吱吱」地叫著。卵石鋪成傾斜的山徑，像永無止境地伸延著。喘息著的胡太明，不知幾時停止了數石子，留神一看，已經落在爺爺的身後去了。老人正在山坡上一塊較平坦的地方等候著落後的太明。他氣吁吁地好容易才趕了上去。

老人解開長長的黑頭巾，讓風吹在頭上；太明也學著脫下圓碗帽，抹抹額上的汗珠，辮子滲透了汗水，髮根癢癢的，但經風一吹，汗水立刻就褪乾了。老人忽然想起要抽筒麟煙（日治時期的煙絲），便把解下來的頭巾重新纏在頭上，一屁股坐在石頭上，在那枝用慣了的長煙筒上裝滿了煙，讓太明替他點上火，「斯斯」地抽起來，像是非常有味似地。太明從小就聽慣了這種「斯斯」的聲音，一聽到這種聲音，就像是將引發出長長的故事以前那種帶有誘惑性的先聲，不可思議地會把太明帶到一個心神嚮往的境界。

老人突然耽溺在遙遠的回憶中，他把煙管的銅斗在石頭上「咯咯」地敲著說：「一切都改變了！爺爺小的時候，這一帶都是高大的松樹、樟樹、楓樹、赤柯、楠仔、楮仔和各種樹木的大森林，山藤和蛇木也很茂盛，大白天裡也會肆無忌憚地竄出狐狸和松鼠來的，再大膽的男人，也不敢獨自在這兒經過。可是，太明！爺爺在二十歲的時候，有一天就曾經一個人在這兒走過。」

從前，那山坡是土匪、強盜出沒的地方。如果途中有人被搶去了耕牛什麼的，便再也休想找回來。穿龍頸（坡頂）一帶尤其可怕，萬一有人在那兒被盜匪殺死，由於地近番界，盜匪總是把罪行推在番人身上，然後自己逃得無影無蹤，官兵也奈何他們不得。可是，老人有一天就曾經若無其事地獨自在那兒經過，那時他還是個不知天高地厚的小伙子。當他走到山坡中途的時候，突然一陣陰森悽厲的狂風向他迎面襲來，他大叫一聲，本能地把身體隱蔽起來，眼前揚起一陣漆黑的飛砂，全身蜷縮著動彈不得。好容易定神向腳邊一看，竟有一條很大的雨傘蛇出現在他的身旁。他戰慄著倒退了幾步，拾起足邊的一塊石頭正想打去，不知怎地，巨蛇突然不見了，那僅是三、四秒鐘之間的事。由於事態過於離奇，他把手中的石頭向草叢中一丟，竟嚇得半晌不能動彈。以後一點動靜也沒有，倔強的他便到目的地辦事去了。可是，歸途中他走到先前的那地方，那塊丟棄在草叢中的石頭，竟赫然安放在路中。老人嚇得目瞪口呆，只覺得一股寒氣從背心上直逼下來，失魂落魄地跑回家裡，就這樣發起高燒來，頭重腰酸，老人深信自己遇見了鬼，但他卻不肯請人捉鬼，只是每天一面發著高燒，一面嘴裡這樣罵道：

「鬼東西！是你自己找上老子的，要錢也得找個倒霉的傢伙呀！老子可不會有什麼東西給你的！」

這就是老人的抵抗方法，可是鬼怪老是糾纏著不離去，母親放心不下，請了個巫者來趕「鬼」——所謂鬼，大概是指「赤腳大頭神」而言——巫者用金紙一千、銀紙三百、線香五支、替身白虎一對、飯一碗、湯一盅、雞蛋一個，從病床送出一百二十步，然後把金銀紙燒化了。第二天，老人的熱度便豁然而退了，鬼怪糾纏了六、七天，結果仍是一無所獲，看起來還是失敗的。老人這樣說著，豪放地笑了。

講完了故事，老人說：

「太明，走吧！」說著，他站起來依然走在前面。

越過穿龍頸，視界展開了，眩眼的嫩綠茶園一望無際，在那遙遠的碧綠的邊際，橫亙著青翠得像洗滌過的中央山脈。剛才所聽到的關於穿龍頸那些不愉快的往事，就像一場了無痕跡的春夢般消逝了。

突然，相思樹背後傳出一陣少女的歌聲——是採茶女唱著俚俗的山歌。

她們聽到太明他們的腳步，立刻停止了歌唱，就像有一股期待的力量扼住了她們的咽喉似地。可是，當她們看清了來人的身分時，竟大失所望地帶著戲謔的口吻說：

「哼！原來是老頭兒和小孩子！」說著，又傳出一陣放肆的笑聲。

「這種地方風氣壞極了！」老人一面感慨地嘟噥著，一面加緊腳步，恨不得早些離開那兒。

當時的士君子和讀書人，是不肯隨便唱山歌的，視山歌如蛇蝎的老人，似乎覺得自己的耳朵都給她們玷污了。

不久，二人下了古松蓊鬱的山坡，走到面臨榕樹廣場的雲梯書院前面。書院位於距榕樹不遠的一座廟宇對面，利用廟宇的一棟房屋作教室，小小的書院裡也有三、四十個學生。教室裡琅琅的書聲和學生們的嬉笑聲混成一片，一直傳到戶外。老人帶著太明向這所古老的建築物走去，因為突然從明亮的戶外走進晦暗的屋內，視界一時模糊不清，過了一會兒，才慢慢地看清室內的陳設：室隅有一張木床，床上擺著四方的煙盤，煙盤上封燈閃著黯澹的火光。那昏暗的燈光慘厲地照耀著煙槍、煙盒、煙挑等雜亂無章的鴉片用具，和橫躺在旁邊的一個瘦骨嶙峋的老人。床前桌上堆滿了書籍，還有一個插著幾支朱筆的筆筒。這時離夏季還有一段相當時間，但那筆筒中卻插著一把污穢不堪的羽毛扇，看起來很不順眼。正面牆上掛著一張孔子的畫像，線香冒著一縷縷的青煙……。這一切，使屋內充溢著隱居的氣氛，顯得越發濃重了。

老人走到床前，恭恭敬敬地叫了一聲：

「彭先生！」

那床上的學究張開遲鈍的眼睛凝視著他的臉，突然用意外而有力的聲調說：

「哦，胡先生！久違久違！」

彭先生說著，一骨碌從床上爬起來。整整儀容，又向隔壁的教室望了一眼，大聲地申叱兩句，頑童們的嚷囂聲頓時沉寂下來。

彭先生是胡老人的同窗秀才，學生時代曾經受過胡老人的照應，十載寒窗，終於得中秀才。他到處巡迴著拜了一次客，富戶們幫助他不少賀儀，彭秀才竟因此變得相當富有；但不久他又把那些錢財花得一乾二淨，依然恢復昔日貧困的生活。

當時鄉間的讀書人所能做的事，只有地理師、醫生、相士和教書先生。彭秀才選擇了教學的生涯，在雲梯書院當一位塾師，他一心向學，還做著未來舉人、進士的美夢。可是，自從日本帝國主義統治臺灣以後，教育制度大加改革，從前那些登龍之術早就行不通了。彭秀才騰達的迷夢破碎以後，便在雲梯書院的小廟裡渡著空虛的課徒生涯，三十年如一場春夢，與其說是作育英才，毋寧說是聊以餬口更為適切。他和胡老人談話的時候，總喜歡用「斯文掃地」、「吾道衰微」之類的話，大嘆其聖學沒落。而且，他只有對著太明，才會改用「貴公子今年幾歲？」一類的語氣去問他，這一方面是為了緬懷他自己已失去的童年，另一方面也有幾分寄予期望的意思。太明照老人教他的話從容地回答著，還唸出原鄉唐山住址，使彭秀才聽了非常高興。

老人今天帶太明到這裡來，原想請彭秀才來教育他的，但彭秀才認為通學距離太遠，對於九歲的太明不大相宜，勸他過一兩年再說。可是胡老人無論如何要讓孫兒學習漢文，現在鄉間的私塾都停辦了，除了雲梯書院再也沒有別的地方，就連這雲梯書院，也不知什麼時候會招致封閉的厄運，所以他覺得再等一兩年就太遲了。

由於胡老人竭力堅持，終於決定把太明送入雲梯書院，為了通學不方便，所以改為寄宿。老人離開心愛的孫兒，心裡雖然有些捨不得，但為了他的學業前途，也不得不硬一硬心腸。

他們離開雲梯書院的時候，彭秀才用紅頭繩穿了一百二十個銅錢，掛在太明的脖子上送給他。不久，當苦楝花開的陽春三月，太明穿著母親為他新製的布鞋，戴著新碗帽，到雲梯書院入學去了。

宛如一葉漂流於
兩種不同時代
激流之間的

無意志底扁舟。

雲梯書院

胡太明最初開始讀三字經，先由老師口誦，然後跟著唸，這樣反覆唸了兩三遍，然後自己單獨唸，每日還要在老師面前背誦一、二次。從深邃的人生哲理到人文歷史，包羅著各種格言的三字經，對於少年們未免過於深奧些，因此他們只能認識字義而已。太明在家的時候曾經學過一些漢字，讀三字經並不覺得怎麼困難，所以學業進展得很順利。但雲梯書院的那些頑童們，課餘之暇總要找些快樂的消遣，譬如：下象棋、捉迷藏，還有半開玩笑式地偷竊附近人家的蔬菜或果物。他們所偷竊的果物，春天是桃子、李子，夏天龍眼是少不了的，秋天最豐收的東西有番石榴、柚子、柿子等，冬天則有蜜橘。頑童們的惡作劇幾乎已成了日常的功課，通常他們總是趁彭秀才午睡的時間出去偷的——彭秀才最喜歡午睡，他每天從正午到下午二時是非睡不可的。這種惡作劇常常引起附近人家的物議，可是最有趣的是這些頑童們的行為，無形中似乎也有些俠義之風。譬如書院鄰近那些人緣較好的老農們的果園，要偷的話無論多少都可以偷得到的，但他們卻從不去偷；那出名的吝嗇鬼老太婆的園子，卻是他們掠奪的對象。她防範得嚴密，頑童們躲在裡面便愈覺得有趣。這與其說是為了偷竊果物，毋寧說是對於這種行為——一種煞費苦心的狡獪的設計——得以順利達成，感到無限的誘惑。

不過，這些頑童們倒是很怕彭先生的，他的教學法非常嚴厲，對於品性不良的學生，總是毫不容情地懲罰。彭先生因為吸鴉片的關係，早晨起身極早，天還沒有亮，就可以聽到他「呼嚕呼嚕」吸水煙的聲音了，那聲音停止以後，接著房門便「呀」地一聲打開了。寄宿生一聽到這種訊號，便起身去幫助他種花草，彭先生這才把蚊帳似的長袍下襟塞在腰間走下臺階來。他除了教書的時間以外，大白天也躲在房裡抽鴉片，所以他那瘦削的臉龐，蒼白得沒有一絲血色，雖然映照在晨曦中，但仍然看不見一點紅暈。他的嘴唇是青灰色的，牙齒是焦黑的，那隻端著水煙筒的左手指甲，差不多有一寸多長，他除了吸鴉片以外，對於世上任何事物都漠不關心，也不與人交往，除了教學以外，對學生幾乎完全不開口。他每天早晨要到庭院裡看花，這已成了他日常的課程，尤其特別喜愛蘭花和菊花；三十年來，他幾乎就是這樣生活著的。

有一天，發生了一件意外的事：太明和四、五個同學正在書院附近的野外遊玩，忽然對面來了一頭水牛，牠一面吃草一面慢呑呑地向太明走過來，太明卻把牠當作周圍那些遊牧風物中的美麗的點綴品來欣賞，所以絲毫不具戒心。他站起來摸摸水牛的角，想對牠表示親善，誰知正當他的雙手觸到水牛角的瞬間，突然感到眼前一陣昏黑，同時全身失去平衡，重重地被撞倒在地上，頓時便昏厥過去。受驚的水牛把頭一幌，牛角正好刺入太明的腰間，太明只恍恍惚惚地記得有人把他抱起來，但不久便陷入昏睡狀態。醒來的時候他已經睡在床上，父母焦急地望著他，腰間疼得直發麻。

太明看見母親在哭，才明白自己發生了什麼事，並且回憶起被水牛角刺傷時的驚險鏡頭，可是那已經像是遙遠的記憶了。

太明的父親——他是中醫——見他甦醒了，回頭對周圍的人說：

「沒有什麼關係了，大家不必耽心，傷口已經敷了熊膽，蔘湯也喝過了。」

彭秀才也陪伴在枕邊，口裡連聲說著：

「恭喜！恭喜！」

太明見了彭秀才，才迷迷糊糊地記起這裡是雲梯書院，他的父母是得了消息以後，越過穿龍頸趕到這裡來的。

第二天，太明為了回家休養，便乘轎子離開了雲梯書院，從此開始療養的生活。那時因為西醫太少，只好用草藥敷敷傷口；另一方面母親每天到處求神拜佛，許願祈求他早日痊癒，又帶回些香灰給他吃。幸而傷口沒有化膿，醫治經過相當良好，但太明離開病床的時候，已經快近臘月了。

太明的傷勢終於痊癒了，臘月也一天一天地接近，家人都忙碌起來：母親專心一意地在燈下做太明的新鞋和妹妹的新帽；她把破布一塊一塊排好，細心地用麻絲縫好做鞋底。鞋面卻是黑鵝絨做的，上面繡有山茶花。妹妹的絹子上繡著鮮艷的牡丹花，和紅色的公雞，還繫上兩個小鈴子。父親每天一早就出門去，見面的機會很少；哥哥和男傭在田裡收甘藷，要工作到很遲才回家；嫂嫂把甘藷裝在大桶裡，讓它醱酵製酒……，他們之中只有胡老人比較空閒些。孩子們有的談做年糕的事，有的得意洋洋地比賽新鞋，有的老早便開始計算殺豬的日子了。

書院從年底到正月是假期，所以太明傷癒以後仍舊留在家裡，他唯一的工作就是替胡老人換水煙筒的水。胡老人有這麼一段長時間和太明在一起，心裡非常高興，他得意地為他講解「大學之道在明明德」，又把自己的經歷講給他聽，接著他對太明訴苦道：

「太明！現在是日本人的天下了，在日本人統治的社會裡，強盜、土匪都減少了，道路也拓寬了，這固然有很多便利的地方，可是你們已經不能再考秀才和舉人了，而且捐稅又這麼重，怎麼得了啊！」

不久，新年到了，從舊曆十二月二十五到正月初五，俗稱「年駕」，這段時間是不許隨便說話的，人們都迷信這時說了不吉利的話，便會遭遇厄運的。

太明家裡每年除夕都要殺一頭豬來祭祀玉皇大帝的，到了那天，院子裡設著祭壇，上座供著糖果、五香、酒食、長錢和金銀紙等，下座供著雞和肉類，兩旁供著牲禮豬羊，從早晨四點鐘開始，全家便齊集在院子裡拜祭神明。胡老人和他的兒子穿著長禮服行「三獻禮」，向玉皇大帝、觀音菩薩、關帝爺、媽祖和伯公一一許願，祈求家道昌隆，並且感謝去年的平安。

元旦的早晨天還沒有亮，到處爆竹齊鳴，家家戶戶都在祭祀祖先和神明。每人都放下了工作，男人興高采烈地去拜年、賭博，女人則回娘家或到廟宇去燒香，大家在新春歡樂的氣氛中，一直要繼續到正月十五日。大紅春聯和鞭炮雖然年年依舊，但也象徵太平景春氣象。

正月初三俗稱「窮鬼日」，照例須燒些門錢打發窮鬼的，而且那天人們都不出門。但下午彭秀才卻破例來拜年，他站在院子裡欣賞了一會春聯，接著便被迎進客廳裡。彭秀才和胡老人寒暄了一陣，太明恭恭敬敬地捧出一個托盤，托盤裡擺著四碟糖果。彭秀才且唸且撿：

「食紅棗年年好。」

拿了兩顆紅棗吃著。又撿兩片冬瓜片說：

「食冬瓜年年加。」

然後喝了一口茶，接著便開始讚美胡家的春聯說：

「『一庭雞犬繞仙境，滿徑煙霞淡俗緣。』的確不錯，真有脫俗的風格，如果不是像你這樣達觀的人實在辦不到的。」

「你今年的春聯怎麼樣？」胡老人受寵若驚地問彭秀才道。

「不行，不行。」

彭秀才一面謙遜地推託著，一面隨口吟道：

「大樹不沾新雨露，雲梯仍守舊家風。」吟畢，又把春聯寫在紙上遞給胡老人看。

「好極了！」胡老人讚道：「大有伯夷叔齊的氣派。」但他接著又改用感傷的語氣說：「不過雲梯書院的舊家風，不知是否能像你這春聯所說的守得住……？」他這樣嘟噥著，依依之情溢於言表。

「如果雲梯書院被封閉的話，」彭秀才黯然道：「漢學便要淪亡了！」

不久，太明、哥哥和父親都出來招呼，座中頓時熱鬧起來，充滿一片新春的氣象。但過了一會，彭秀才煙癮大發，連連打了幾個呵欠，胡老人看在眼裡，便把彭秀才請到自己的房裡去吸鴉片。

這時，外面起了一陣喧嚷，進來了一位新客——那是胡老人的姪子，也就是太明的伯父，大家都管叫他「鴉片桶」的。他已經好久沒來了，他的本名是胡傳統，鴉片癮極深，分家時所得的一千幾百石的財產，全部抽鴉片抽完了，因此人家都稱他「鴉片桶」。他很健談，也有幾分藝人風度，所以他一來，立刻滿座生光。

太明對著彭秀才和鴉片桶，茫然思索起來。胡老人是非常尊重彭秀才的，這只要從他對他那樣殷勤地招待便可以看得出來。可是太明卻不像胡老人那樣憧憬著秀才和舉人，他似乎茫然覺得那些都是滅亡的命運。比較起來，倒是鴉片桶的兒子志達能吸引太明的注意。志達會說日本話，是個預備警員（巡查補），人家都稱他「大人」，到處有勢力。他吸的是「敷島牌」的香煙，用的是雪白的手帕，香水灑得香噴噴地，鄉下人見他用那潔白的手帕來擦汗，都覺得很可惜。志達走過的地方，到處都漂浮著一陣香皂般的爽朗的香氣，那是鄉下人稱為「日本味」的一種文明的香味。在當時還用木浪子或茶子洗衣服，用山茶洗臉的時代，肥皂的香味是被公認為高貴的珍品的。太明在這樣的人物身邊，也許顯得有幾分輕薄，但他總覺得頗有新時代的感覺。

不過，志達在村子裡的人緣並不好，他的家人也對他很冷淡。村人對他的態度大都虛與委蛇，見面時恭恭敬敬，等他一走開——其實還沒有走遠，便有人說他的壞話了，這並不是單純地對權勢表示反抗，而是另有某種情感所使然的。

但志達卻時常到胡老人家裡聊天。胡老人年輕的時候，曾回到祖國去，知道一些香港和廣東方面的情形，並且接受了幾分西洋文化，所以和志達容易攀談得上。

「叔公！」志達趁機勸告老人道：「還是把太明送到學校裡念書吧，這是時勢呀！」

「無論時勢怎樣，學校裡卻學不到四書五經了！」

胡老人總是這樣回答。

胡老人對於西洋文化只持一種恐懼的態度，並不怎麼心悅誠服，何況日本文化不過是西洋文化的一支小流而已。胡老人心目中所憧憬著的是，春秋大義、孔孟遺教、漢唐文章和宋明理學等輝煌的中國古代文化，因此總想把這些文化流傳給子孫。

彭秀才從初三到胡家來以後，一直被留著住了四天，本來也許還要多住幾日，但為了阿三、阿四他們聽說胡家將大事宴客，都擁到胡家來吃閒飯。他們時常在胡老人和彭秀才高雅的談話，議論詩詞歌賦中亂插嘴，這使彭秀才大感掃興，因此決定告辭。阿三、阿四是鴉片桶的伙伴，村人都管他們叫「順風旗」的，是些油腔滑調的傢伙，他們深恐彭秀才一走，自己便不便住下來，因此拼命想留住彭秀才。但彭秀才堅決要回去，胡老人雖然也想留他，結果還是留不住他。

有孟嘗君之風的胡老人，自從彭秀才回去以後，便讓兒子去照料一切，自己不再問事，也不願和阿三、阿四他們鬼混。胡老人的兒子——太明的父親胡文卿——性情比較現實些，客人們都覺得住不下去，不久便紛紛回家了。

轉瞬間新年已過去，接著來的是十五的元宵節。那天晚上街上有「迎花燈」等娛樂節目，姑娘們都換上新衣和家人出去遊玩，青年男女也很多，這是閨閣少女難得出門的機會，也是她們選擇如意郎君的好時機。

太明和胡老人為了看元宵，太陽還沒有下山便出門去了。快到市街的時候，聽到鑼鼓絲竹聲混成一片，越發點綴了元宵的氣氛。那天晚上因為有特別娛樂節目，所以比往年更熱烈，臺北方面也有人趕來看花燈，街上萬頭鑽動，擠得水洩不通。胡老人和太明擠在人叢中，連插足的地方也沒有，他們費盡力氣，才擠進熱鬧的中心。

這時，「燈會」已經達到高潮，五彩繽紛的花燈和火把排成長長的行列，還有喇叭隊、小唱班、小孩和大人的化裝行列、搖搖幌幌的仙人仙女臺閣……，各種花彩和古玩裝飾得如同演戲一般。當臺閣經過時，胡老人一一地解釋給太明聽：這是「昭君和番」，那是「吳漢殺妻」，還有「關公斬六將」的場面，絲毫沒有倦容。最後的行列是載著歌妓的高臺，秩序非常紊亂，提著「太陽徽」燈籠的警察和壯丁在維持交通。這時，狂熱的群眾為了爭看歌妓，擠得越發厲害，人潮中引起海嘯般的騷亂。突然有十幾個人從人潮中擠出去，衝進燈會的行列，秩序益加紊亂，維持交通的警察和壯丁，一面吆喝著，一面用棍棒鬨趕闖進來的人。胡老人連身子也站不穩，不知幾時已被擠出了人潮，立刻捲入那紊亂的局面中，聽到「馬鹿」一聲，他重重地被擊了一棍，頓時撲倒地上。

「這是從那裡說起！這是從那裡說起！」

胡老人好容易才站起身來，避到安全的地方，驚魂未定地呻吟著。「爺爺！回去吧！」太明牽著胡老人，帶著哭聲說：「快點回去吧！」胡老人咬緊下唇，俯看太明。太明覺得非常悲痛，眼淚直流，怎麼樣也止不住。

快樂的元宵節就為這件事弄得興味索然，二人已無心再看花燈，各自懷著無限頹廢的心情，悵然而返。

當晚所發生的事，使太明受到強烈的刺激。第二天聽到這個事故的鄰居、親戚、朋友，都帶了麵線和雞蛋來慰問。從此以後，胡老人像被傷了自尊心似地，默默地不發一言；直到忙過幾天祭祖墳和各種瑣事以後，內心的創傷才慢慢地痊癒。

不久，案頭陳飾著的潔白水仙花枯萎了，鮮艷的門聯也褪色了，太明結束了長期的年假，又重新回到雲梯書院來。書院的學生已減少了很多，景況異常蕭條，由於國民學校再三勸導學生入學，城市附近的學生大部分都轉學了。但彭秀才一切聽其自然，並無慌張的神色。城裡某學校聘他去擔任漢文教師，他也辭謝了。他依然安貧樂道地吟詠著陶淵明的「歸去來辭」，每天早晨依然一面「呼嚕呼嚕」地吸水煙，一面種他的花草。但不知是什麼風給他帶來了時運，當西瓜上市的時候，彭秀才突然接受番界附近某書房的聘請，飄然赴任去了。胡老人失望之餘，只得把太明領回去，從此，太明便由胡老人親自講授四書五經。

新舊思潮

就在這時候，新思潮不斷地在沉滯的環境中掀起波瀾，並且從每個角度向太明身邊襲擊。太明最初所發覺的，便是在母親生日看見親戚的孩子們，在院子裡合唱「鴿子歌」邊唱邊舞遊戲的時候，從那時起，太明發現了另一個茫無所知的世界，並且感覺到自己離群的孤獨。於是他想起志達堂兄說過的話：

「現在的官廳裡，不懂日本話的簡直就是傻瓜。」

而且，父親胡文卿也說過這樣的話。太明覺得時代大大地改變了，但他不明白胡老人為什麼還要叫他讀經書？

胡文卿對於新教育抱著很大的希望，但因目前有更重要的問題急待解決，所以並不怎麼起勁。他目前的重要問題，是要把胡老人手中失去的土地買回來；這一方面，固然是為了盡人子的責任，但另一方面也是為了他自身的利益。誰知後來他好容易把土地弄到手，才發覺上了大當。原來有些土地早已建立了第三者的債權設定；還有些原是自己的土地，卻由於量測的錯誤，竟變成鄰近地主的所有物了。

胡文卿以前以醫師身分參加礦場救護工作的時候，眼見那些公立醫院的醫師們敏捷地處理傷患的情形，自己只有束手旁觀的份兒，那些他無法救助的病人，有的只要注射一針便救活了；尤其對於性病，中醫大多無法下手。但西醫卻較中醫靈驗，所以西醫遠較中醫有利可圖。由於這些事，使胡文卿深深地體驗到新知識的重要，他認為土地問題也一樣，要使土地問題獲得合理解決，必須以新知識為基礎。

胡文卿雖然關心新知識，但依舊把太明交給胡老人去接受漢學教育，那是因為他明知老人的脾氣固執才這樣做的。太明在這種情況下，宛如一葉漂流於兩種不同時代激流之間的無意志底扁舟。

但是，在一個偶然的機會裡，太明終於改入國民學校了。——那是一位具有漢學修養，而且深明老人心理的國民學校教員林先生對胡老人再三勸說，胡老人才答應把太明送進國民學校去的。那天，國民學校校長和翻譯林先生在胡家附近的池邊釣魚，歸途中經過胡家門口，老人請他們進去喝茶，於是順便談起這件事。

太明從第二學期開始，便進了公學校（國民學校）。當時的學校並不怎麼重視資格，中途插班或跳級，都是司空見慣的事。不過，學校裡的氣氛，究竟和私塾不相同，校內朝氣蓬勃，運動場和教室都是那麼寬敞和明亮，使太明頓感眼界為之豁然開朗。

太明住在「大眾廟」宿舍裡，堀內先生也住在一起。寄宿生只有五、六個人，都是二十歲左右的青年，有的並且已經成了家。他們都很喜歡安份用功的太明，所以太明的學業也進步得很快。

這裡所見的事物，一切都顯得很新奇，以前太明聽人說攝影會把靈魂攝去的，但在這裡迷信卻無形中被破除了，大家都心安理得地攝影。

一切變化並不限於太明的一身。不久太明放假回到家裡，發現那些慎重保存了多年、攸關胡家盛衰的松林，已經全部被砍去，呈現著一片淒涼的景象。當時因為苗栗廳三叉河的民間山林被強制收歸，許可給三井財團，所以盛傳山林即將收歸官有，大家趕緊把木材砍下來，以後才明白那只是由公家保管，並非收歸官有。

胡文卿依然每天忙著奔走於病家之間，胡老人經手賣出去的土地，已因他的辛勤工作而漸次買回來了。村人都認為一度瀕於沒落的胡家風水，已經逐漸開始轉變了。由於經濟狀況的好轉，胡文卿不知幾時已把黑布短褂換上了長袍，又由布長袍換上柔軟的綢長袍，他穿著時式的綢長袍，顯得非常得意。那時，胡文卿正私戀著一個女人——那是某次他在出診歸途中遇見的女人，名字叫阿玉。

「胡先生！貓兒總要偷葷腥的。」

寄生蟲阿三見胡文卿私戀著阿玉，便用誘惑的甜言蜜語對胡文卿耳語道：

「阿玉的人品很好，相貌也長得不錯，而且溫柔多情，善體人意，做老婆是再好也沒有了。她家裡只有一個老母親，身家相當清白。像胡先生這樣的人，誰說不該有個三妻四妾，現在您連個姨太太也沒有，這怎麼交代得過去呢？」

胡文卿雖然只唯唯否否地應著，但心裡卻給他說得癢癢地。阿三看透了他的心事，又帶卑鄙的媚笑說：

「胡先生！包在我身上，決不會壞事的！」說著，顯出極有把握的樣子。

果然不出阿三所料，阿玉終於接受了胡文卿的濟助，家裡也添置了床、衣櫃和各種新傢俱，土財主胡文卿這才開始嚐到金屋藏嬌的樂趣。但當他不去的時候，他買給阿玉的那張床，卻變成阿三的鴉片榻。

阿三是個貪婪的傢伙，他把阿玉介紹給胡文卿，從中得了些小便宜還不滿足，因此他又慫恿阿玉說：

「聰明人要趁能賺錢的時候儘量去賺，對付『冤大頭』沒有什麼愛情好談的，你總得想辦法讓『冤大頭』養活你一輩子呀！」

阿玉是阿三親戚的女兒，管阿三叫叔叔的，她聽了阿三的那番話，也覺得很有道理。阿三接著又和阿玉的母親去商量，準備拿胡文卿來扮演一齣「仙人跳」。

胡文卿絲毫不知他們的詭計，他出診回來，照例大搖大擺地到阿玉家裡去。晚餐時阿玉特地準備了胡文卿最喜歡的雞酒款待他，飯後，胡文卿醉醺醺地躺在自己為阿玉購買的床上，那張床雖然價錢很貴，但他卻準備從阿玉身上攫取更貴的代價。阿玉早已胸有成竹，她宛如一陣柔軟的和風，輕盈地拂進他的心靈深處。胡文卿像吸飽了鴉片煙似地，懶洋洋地陶醉在溫柔鄉中，不知不覺便已到了深夜。突然，一陣緊急的敲門聲，驚破了胡文卿的美夢，門外人聲嘈雜，只聽見有人大聲喝道：

「是那個忘八蛋偷人家的老婆？讓老子來揍他！開門！滾出來！忘八蛋！」

胡文卿嚇得直打哆嗦，阿玉也驚跳起來，整整身上的衣服，大聲叫道：

「啊呀！是他！」

胡文卿被這意外的事件嚇得手足無措，混身不住地打抖。門外人聲鼎沸，還夾雜著阿玉母親哀訴的聲音。但奇怪的是這樣深更半夜，阿三似乎也一同來了。

「等一等！讓我來，跟你說讓我來嘛！」

這是阿三拼命阻止的聲音。

由於阿三的調解，胡文卿總算保住了性命，交換條件是由胡文卿償付遮差費五百元。當時胡文卿立了一張借據，又用金錶、戒指、金鎖鏈、金邊眼鏡等隨身攜帶的貴重物品作抵押，才狼狽地逃回家去。

第二天，阿三拿借據向胡文卿兌換現款五百元，一場預謀的「美人計」騙局，至此始告結束。阿三又以解救危局的功勞，另向胡文卿強索一百元酬勞。從那天以後，村子裡便傳遍了這件事。

胡文卿自從遭受六百元的嚴重損失以後，總算暫時受了一些教訓，矢口不再提起阿玉的事。但約莫過了二個多月，從阿三口中聽到阿玉和丈夫離婚的消息，他對阿玉的舊情又死灰復燃，這個厲害的女人，他的確無法輕易淡忘的。於是，他請阿三替他作媒，想把阿玉討來做小老婆，這在阿玉當然是沒有問題的，困難的是怎樣使正室阿茶答應他納妾。胡文卿和阿三商量了好久，阿三也想不出一個好辦法。

有一天，阿三帶了一位自稱從中國大陸來的相士，像煞有介事地到胡家來。那人戴一副黑眼鏡，手裡拿著一把大蒲扇，說話操長汀口音。

「從府上的地理看起來，真所謂是人傑地靈，與世無爭。」相士恭維胡家的門第說。「不過地理雖然好，人還是由運命支配的。命有盛衰之別：有的人長壽，有的人短命，這都是命中註定的。不知命運，妄想抗拒的人，就是愚夫。雖是大丈夫，想單靠自力來抗命運是不可能的，上策莫過逃避，像項羽蓋世英雄，若早先卜出垓下之厄，就可以避去那一場的災禍，後來可以取得天下了。可惜古今幾多名將、英雄不信命運，徒然用力抗拒。」

接著，他又以孔明、關公、張飛等為例，證明人類無法和命運抗衡。然後又說胡文卿滿臉殺氣，最近恐怕有生命之虞，但好在祖先積德，以及他本人行善，也許可以避免這種厄運。不過，現在厄運還沒有過去，要想避免……說到這裡，他忽然把話一頓，並且加重語氣說，只有娶個二房。

「請把尊夫人的相讓我看看。」相士說：「把你兩伉儷的相對照一下，判斷就更準確了。」

胡文卿興高采烈地要坐在身邊的太太讓相士看，阿茶只得順從他的意思。

「太太真是百萬富婆之相，」相士像煞有介事地判道：「不過，照你的相上看起來，您卻不能獨佔丈夫，不然的話，胡先生一定要遭難的。子午相沖，今年剛交子運，一運五年，這五年是不容易熬過的。胡先生是個不折不扣的雙妻命。」

經相士這麼一說，阿茶便不得不死心了，何況世間丈夫納妾原是平常的，也算不得什麼了不起的痛苦事。不過每次聽到有關小老婆的話，就有很多的心事湧上心頭。阿茶做養媳婦到胡家來時是十一歲，當時胡家表面上雖是望族，實際上和貧窮人一樣。雖有土地的收入，可是繳利息還不夠，阿茶須要出去撿田裡的落穗，或是到蔗田裡剝蔗葉等，到了十六歲就結婚，可是照樣還要撿柴草或幫人晒穀子。其後胡文卿的醫務發展了，土地也漲了價，僅僅六、七年中，債也還清了。一般人認為胡家的再興是靠阿茶的福氣的。阿茶結婚以來二十幾年，沒有跟丈夫一同回過娘家，也沒有一同上街看過戲。阿茶也沒有感到什麼幸福不幸福的事。

每天很早就起來工作，疲倦了就睡一下，睡過了又起來工作。現在的阿茶就不然，也要想東想西起來了。……不過阿茶最後想到自己有二男一女，萬一死了，也有人捧香爐，拿火把到墓地的，前想後思，還可聊以自慰。胡老人對於兒子蓄妾，並沒有表示反對，默默地不發一言；倒是大兒子志剛，卻堅決反對父親納妾。但阿三是個詭計多端的傢伙，他獻計要胡文卿答應分家時多分幾畝「長孫田」給志剛，終於把這搗蛋鬼大兒子安頓下來了。就這樣，二房夫人阿玉便迎進了胡家的大門。

時代雖然改變了，但另一方面仍舊不斷地發生類似這樣的事，太明偶然回家省親，總覺得對家庭間所起的變故有些格格不入，使他感到無可奈何，因為家庭間的變故，和他距離得太遠了。譬如他因為受了當時新風氣的影響，把辮子剪掉剃成光頭，但頭上還留著一個圓圓的辮痕。於是那些油嘴滑舌的傢伙，便給他取了個「石灰桿」的綽號，老一輩的還說什麼身體髮膚不可毀傷，認為斷髮等於斷頭，紛紛對他非議，又說依照古來的習慣，那是對付通姦者的一種私刑。

但太明是自願剪髮的，他剪髮以後第一次回到家裡，母親竟絕望地用顫抖的聲音哭道：

「太明！這回你死了見不得先人了……」

哥哥志剛半開玩笑地把太明的帽子脫了讓大家看，妹妹也連連地喊著：

「不好看，不好看！」還笑他像個小和尚。

阿玉平常深居簡出，除了吃飯以外很少見到她，但太明回家省親，她居然也像長輩似地照顧他。不過太明對於這素昧平生的陌生人，在自己離家的期間，突然變成自己家庭的一員，總覺得一時無法和她親近。

總之，太明和家庭之間已經發生了裂痕，這使他感到悵然若失。他在家裡辦完了瑣事，便匆匆地回到學校裡去了。他心靈上的空虛，只有以學問和知識去彌補它。

濁流

太明這種敦厚樸實的秉性，使得學校裡的老師們都很喜歡他。他又幫著獨身的堀內先生做飯，因此日本話也進步得很快。國民學校畢業以後，太明一度投考醫校，但沒有被錄取，於是轉入國語（日語）學校師範部，在那裡的四年歲月，對他的影響是很深刻的。他已經獲得普通的學識，而且逐漸成長為一個新時代的文化人。同學中志向較高的，有的已到日本去留學，但他卻和大多數的畢業生一樣，負起時代所賦予的使命，到鄉間的國民學校去執教了。

他在赴任的途中，曾抽空回家去一次，家鄉人對他的金邊帽、文官制服和佩在腰間的短劍，引起了一陣小小的騷亂。親友們都趕來表示歡迎和慶賀，情況相當熱烈，大門外爆竹狂鳴，一會兒就聚集了七、八十人，一時盛筵大開，熱鬧非凡。

「本村獲得文官榮銜的這還是第一次。」鴉片桶照例發表演說道：

「這種光榮是可以和從前的秀才相比的，我們胡家從來沒有比這更值得慶賀的事……」

鴉片桶的意思，無非想找點理由請大家多喝幾杯酒。受過新教育洗禮的太明，對於這種場面很不習慣，周圍的騷亂使他引起反感，因此不待終席，便顧自匆匆地赴任去了。

他任教的K國校非常偏僻，下了火車改乘糖業公司的臺車（板車），還有一個多鐘頭的路程。學生大部分是農家子弟，教員除了校長以外，一共有十三人。

太明和另一位剛從高女畢業的日本女郎，都是新聘的教員，她的名字是內籐久子。他和內籐久子同到校長室去報到，校長是一個三十歲剛出頭的日本人，因禿頭的關係，看起來似乎還要蒼老些。坐在校長身旁的那位面容憔悴的首席訓導，是個四十多歲的臺灣人，他穿著污穢的文官制服，金邊也已經褪了色，因此人顯得萎靡不振。校長照例說了幾句勗勉的話，這時禮堂內早已聚滿了學生，於是便開始舉行新導師介紹儀式。太明站在高高的講壇上，無數視線集中在他的身上，他因興奮過度，自己也不知講了些什麼。儀式完畢走出禮堂的時候，首席訓導對他說：

「你的精神和口才真了不起！」

太明覺得這話有些諷刺的意味，使他很難為情。

第二天下雨，太明課後留在教室裡，一個人靜靜地望著窗外被雨點淋濕的油桐樹花朵飄落在校院的地面上，潔白的花瓣被爛泥沾染得污穢不堪。他突然聽到身後傳來一陣腳步聲，回頭一看，進來的是陳首席訓導、李訓導和黃代教員三人。

「胡先生！」陳首席訓導堆滿笑臉走近太明的身邊說：

「你對本校的觀感怎麼樣？」

「哦，我還不大熟悉，也談不上……」

「是的，剛來的人都是這樣的，不過，慢慢兒地你就會熟悉了。」

他又轉向李訓導說：

「可是，老貓子可真太陰險了，昨天晚上校長宿舍裡不是由全體日本教職員舉行內籐久子的歡迎會嗎？」

「昨天開學典禮的時候，他還說什麼『日臺平等』、『精誠合作』，言猶在耳，就幹出這種事情來，什麼『日臺平等』？真是豈有此理！」

陳首席和李訓導的談話，似乎是借題發揮，想藉此激怒太明。他們所說的「老貓子」，就是校長的綽號。太明對於這些缺乏教育者風度的教員，背後鬼鬼祟祟地說校長的壞話，心裡很不滿意，他只顧望著窗外，裝作沒有聽見的樣子。

「胡先生！」陳首席轉對太明說：「你覺得怎麼樣？」

「這……我，我還……」太明支支吾吾地說。

三人又說了許多不滿校長和日籍教員的話，然後說：

「那麼，我們先走了，你也該早點走了吧？」說畢，便離開教室。

太明無意中發現日籍教員和臺籍教員間的芥蒂，心裡非常納悶。尤其陳首席等竟以他未被邀參加歡迎會，作為不滿校方的主要原因，更使他感覺不安。其實他自己對這件事，並沒有什麼不滿或不愉快。

這樣又過了三天，星期六放學以後，陳首席突然到太明的教室裡來，偷偷地告訴太明：請他參加今晚臺籍教員為他舉行的歡迎會。他說話時那種詭秘的神色，好像另外還有陰謀，太明心裡很不耐煩。他們的意圖，顯然是要對抗校長發起的日籍教員為內籐久子舉行的歡迎會。對於這，太明是很苦惱的。由陳首席說到「只有我們……」這句話那種吞吞吐吐的樣子和特殊的語氣看來，便可以推測到他們的詭計，將以集會或其他方式漸次促其實現，那決不是太明所願意做的事。這不僅是日籍教員和臺籍教員之間的芥蒂，即對於學童的心理上，也將會蒙上一層陰影——至少太明有這種感覺。因此太明再三向他辭謝，並表示很感激他們的盛意，但請他們不必為他操心。陳首席還以為太明故意推讓，況且歡迎會也早已準備好了，所以一定要請他去參加。

歡迎會是在太明宿舍裡舉行的。那間房子只有六蓆榻榻米，既沒有壁櫥，也沒有紙門，陳舊的榻榻米充分地顯示生活環境的枯澀和單調。房內空地上放著一個火爐和一隻水缸，此外一無所有。太明搬進這間房子以前，黃代教員一家五口就住在這裡。

開會的時間到了，陳首席帶了五、六個男女導師亂哄哄地擁進來，把不善應酬的太明弄得狼狽不堪；他原是客人，現在反而變成主人了。

酒是各人自己帶的，菜是街上館子裡叫的，宴會就這樣開始了。席間由女教員擔任斟酒，酒過數巡，話題便集中到校長身上。

有的說他獨佔校工，連劈柴、燒水等工作都要校工去做。又有的說他包辦出差，一年一次給教員慰勞與出差也只准許日籍職員出差。——這些話都是李訓導最激烈地抨擊校長的。但大多數人對他的話只唯唯否否地虛與委蛇，並沒有一本正經地去聽他，這只要看一道菜端上了桌子，碗蓋剛一揭開，各人的注意力便立刻集中在菜上，再也無心去聽他，便可以證明了。這種宴會的氣氛漸漸地使太明感到納悶，這與其說是專誠歡迎他，毋寧說是借此機會打一場「牙祭」。

不久，酒醉飯飽，杯盤狼籍，陳首席和女導師們先起身回去了。其餘四、五人雖然已到席終人散的時候，但他們餘興未盡，一定要拖太明去逛街。太明被他們多勸了幾杯酒，兩頰熱烘烘地，在外面走了一陣，經晚風一番吹拂，才覺得涼爽些。太明這時突然膽子一壯，準備把自己內心燃燒著的憤慨，痛痛快快地向同事們和盤托出，他覺得這些生活於小天地中的同事，胸襟都過於狹隘。但他斷斷續續地說了半天，總覺得說得不夠透徹，自己心裡想說的話，似乎連百分之一都沒有說出來。

「你真不愧為大國民（大國民是『日本走狗』之意，是由當時日本領臺的一首歌詞中轉借過來的），不過……」李訓導聽了太明的話，帶著揶揄的口氣說：

「可惜時機還沒有到，單憑學校的書本子裡學來的一點兒知識，是不能了解真正的社會的，世界上的事如果都那麼簡單，人生就不會苦惱了！」

說話間，一行人突然到了一個奇怪的地方，這是他們事先安排好的，只有太明一人悶在鼓裡。一行人由黃代教員帶路，走進一間小巧精緻的房子，房內掛著富於誘惑性的紅色窗幔，還有一張床，床上垂著綢蚊帳，上面懸著福州刺繡的橫幅，誘著美麗的鳳凰飛舞圖。床前站著一個穿高衣領服裝的麗人，她忍俊地露著挑撥性的微笑。

太明突然在壁上掛著的「西湖美人」的畫軸上，發現「英雄自古難忘色，葵蕊何心獨向陽。」的聯句，又從聯句的字裡行間發現了另一種隱藏著的意義，心裡覺得很有趣。

「這位是新來的胡先生。」黃代教員對那熟悉的女人介紹太明說。

「英葵小姐，初會初會……」太明不假思索地回答說。

他這樣一說，大家都覺得很詫異。

「胡先生！」黃代教員驚奇地問道：「你怎麼會知道她的名字的？」

「宰相不出門，能知天下事。」太明笑道。

那女人被太明叫出自己的名字，也覺得很奇怪。太明說那是因為畫軸的聯句上面有「英」「葵」兩字冠首，所以才知道的。這樣也給眾人一種印象，說他有些漢學的素養。

說話間，黃代教員隨口哼著山歌，各人便乘機大擺龍門陣。

當晚，太明回到宿舍裡，上床以後心裡老是想著日籍教員和臺籍教員間的不平等待遇，以及自己到差以後籠罩在周圍的鬱悶的空氣；接著又想起英葵所唱的「嘆煙花」曲中那種晦澀的歌詞和旋律……，思潮起伏，很久不能入眠。突然，英葵的面影彷彿忽而變成和自己同時到差的內籐久子，一想起久子，太明滿腔的熱血便不由得沸騰起來。

她是日本人，我是臺灣人，

這是任何人無法改變的事實。

內籐久子

以學期劃分的教壇歲月，顯得非常匆促。暑期剛一過去，水果攤上陳列著的西瓜，便已換了鮮紅欲滴的柿子，使人覺得季節的轉移，真是快得驚人。

在這段時期內，地方行政制度已改為自治制，文官制服上那華麗的金邊也改為黑邊，腰間的短劍也取消了；雖然還有些人難免留戀這種短劍，但太明覺得腰間減輕一些負擔，精神和肉體都輕鬆了不少。

入秋以來，暑氣並未全消，學校又進入運動會的季節。面臨高聳雲霄的次高山底校園中，學生們每天在練習遊戲和舞蹈。太明因為擔任音樂主任，所以課後還要忙著替學生彈琴伴奏。有一次，他正替學生們伴奏風琴，不知怎地，心神忽然脫離了琴鍵，漂浮到虛無飄渺的蒼穹之間，因此風琴的旋律也跟著脫離了樂譜，弄得學生們的舞步都無法配合。

「胡先生怎麼啦？」

女教員瑞娥一面拭汗，一面走到太明的身邊，微微地看了他一眼說：

「你的拍子怎麼合不上來了？」

她的神色與其說是質問，毋寧說是含著幾分媚態。

「喔，我自己也不知道怎麼啦……」

太明一面托著腮幫子靠在琴鍵上發愣，一面脫口而出地說。

這時，他的視線恰巧落在站在旁邊微微喘息著的瑞娥的酥胸上，距離近得幾乎可以接觸得到了。

內籐久子見太明愣著不彈琴，便吹起哨子宣告休息，然後姍姍地走到太明和瑞娥的身邊。

「胡先生真的不知道怎麼了吶！」

瑞娥噘起小嘴，像要贏得久子的同情似地對她說。但她的口氣並沒有絲毫責難的意思，相反地，卻充滿庇護和慰藉的意味。

近來，太明對於瑞娥有意和他表示親近，並非完全不覺得，有時她的表情幾乎有些近於獻媚。但太明總覺得無意和她親近，他的內心雖然深已不能接受她的愛意為歉，但事實上卻是愛莫能助。如今，太明的心目中，正潛伏著內籐久子的倩影，因此他根本無暇考慮或顧及其他的事；瑞娥對他表示的柔情，反而使他覺得有些累贅和厭煩。

「胡先生，讓我來彈吧！」

瑞娥說，把身子挨近太明，要太明把座位讓給她，太明慢吞吞地站起來，心想，如果換了久子該多好。

瑞娥彈風琴的時候，內籐久子開始跳「羽衣舞」，她那由運動鍛鍊出來的富於彈性的胴體，在翩翩起舞的時候曲線畢露，美不勝收。當她迴旋的時候，裙裾輕輕地向上轉成一個美麗的輪圈，隱隱地露出兩條花蕊般潔白的玉腿。

「多麼美麗的玉腿！」太明看得目眩神迷，不覺閉上兩眼輕輕地讚嘆了一聲。

可是他的眼睛雖然閉上，然而那雙潔白的玉腿卻依然以柔美的曲線，在他的瞳仁間描摩著姣美的舞姿。那是豐腴溫馨的日本女性的玉腿，而那優美的舞姿，猶如隨風飛舞的白蝴蝶。太明不覺回憶起某次遊藝會中，久子穿著潔白的舞衫表演「天女舞」的情景來，她那美麗的嬌軀和純熟的舞藝，曾使滿座的觀眾驚得鴉雀無聲。有時，看見久子穿著鮮艷的和服在散步，她那美麗的倩影，常使太明對她無限地傾慕。

太明張開眼睛，久子依然漫不經心地在跳舞，但太明卻覺得正視她是件痛苦的事。他的感情越衝動，越使他感到自己和久子之間的距離——她是日本人，我是臺灣人——顯得遙遠，這種無法填補的距離，使他感到異常空虛。

太明的心理已經發生變化，自從上次那偶然的機會以後，太明對於久子的思慕竟與日俱增。

那天，他託詞頭痛提早回去，一骨碌躺在床上，兩眼望著天花板，腦海裡老是想念久子的事。

「她是日本人，我是臺灣人，這是任何人無法改變的事實。」

他想到這裡，胸間不覺引起一陣隱痛。

假如自己能和久子結婚，以後的生活將怎麼樣？自己這種低微的生活能力，怎麼能供養日本女人久子所需求的高度生活享受呢？這種永無出頭之日的國民學校教員，再幹三十年，至多也不過當個番界附近國民學校的校長……普通，就像陳首席訓導那樣幹了二十四、五年，還升不到六級俸。最近日本人訓導，又給他加上一句『舊頭腦』來蔑視他了。陳首席雖是憤慨，但也無可奈何。因為他要養育五、六個孩子，不能不忍受。校長拉年輕的伊籐訓導做教務主任，而把陳首席丟在一邊。陳首席在那樣的地位還甘心幹，李訓導在背後常常批評他是傻瓜。不過李訓導近來也因為小孩子年年增加，漸漸地軟化了。

這樣一想，太明所有的希望頓時都變成泡影了。

在太明的心目中，久子是美好無比的，對於他，久子正如「羽衣舞」中所見的，是一位白壁無瑕的理想女性，是一位絕對的理想女性，簡直可以和天上的仙女相比擬。可是，久子卻認為本省人連澡都不洗，太明恐怕也從來沒有洗過澡；又太明原來不吃大蒜的，但她有時卻有意無意地說太明有大蒜臭。而且動輒批評本省人，雖然不一定懷著惡意，但她內心的優越感，卻在不知不覺間表露無遺。這樣的事是時常可以遇到的。例如農曆正月，一位保正請太明和久子去吃飯，席間端出一碗清燉雞，久子竟在太明的耳邊輕聲地說那是「野蠻」；可是等她一沾上口，卻又連稱好吃，狼吞虎嚥地吃個不停。這其實並不是她自身的什麼優越感，而只是一種無知的驕傲；她那種民族的智慧，使她見了菜餚的外形便識為「野蠻」，不料結果又被美味所屈服，而且並不以為自己矛盾。她見了美味的東西，那種饕餮忘形的醜態，正足以表示她無非是極普通的女性而已。這一切，太明並非不知道，但久子的這種缺點，非但沒有減少太明對她的思慕，反而使他的戀情日見增長。

自己的血液是污濁的，自己的身體內，正循環著以無知淫蕩的女人作妾的父親的污濁血液，這種罪孽必須由自己設法去洗刷……

太明內心的格鬥，使他徹夜不能安眠。

苦鬥

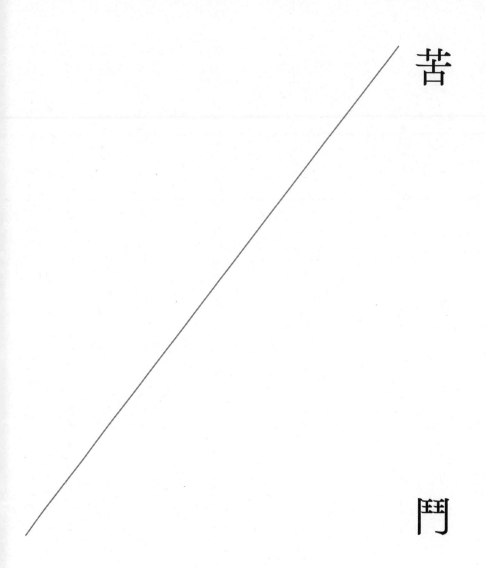

運動會結束以後，學生們便接著準備升學考試，他們都為投考師範學校及中學而專心一意地準備功課。但每年師範學校的新生錄取額，每縣（郡）平均只有一、二名，而縣轄的國民學校卻有十六所，六年級生共有二十多個班級，因此每縣（郡）錄取比率是二十比一，競爭當然是劇烈的。

太明為了替自己的學校爭取那一名僅有的錄取名額，每天早晨上課以前，便為學生補習國語（日語）和算術。放學以後又為他們解答入學試題，晚間再在宿舍裡為考生複習功課，幾乎把全部的時間支配得沒有一點空閒，準備衝破這第一道難關。可是，當太明著手為學生複習功課的時候，卻發現前任導師根本沒有盡到責任，原來這批準備投考中學及師範的學生，有的竟連三、四年級的基本功課都還不太了解，這不禁使太明大吃一驚。

太明像著迷似地把全副精神灌注在這件工作上，對於同事也很少交談，並且也想藉此從單戀內籐久子的苦海中解脫自己。可是，同事對於他這樣熱心，非但不寄予同情，反而背地裡譏笑他沽名釣譽，有的還笑他多管閒事，李訓導甚至當面說他這種作法是枉費心機。他所持的理由是：在本省籍學生的中學入學人數限制未取消以前，無論如何爭取，也是徒勞無功的。譬如甲校的錄取額增加一名，乙校勢必減少一名，結果整個局面還是沒有改變，這就是所謂蝸牛角上之爭。其實他所說的這些理由，無非想為自己的怠惰辯護而已。太明對於周圍的環境非常憎恨，決心以事實來答覆一切。他為了日以繼夜地操勞，兩眼都布滿了紅絲。

某夜，一位風度翩翩的中年紳士，到太明的宿舍裡來訪他，那人姓林，是城裡某協會的會員，是位人格高尚頗孚眾望的紳士。「胡先生雖然很年輕，」林氏鄭重地說：「但我聽說胡先生經常親自照顧考生，真是欽佩之至。現在我有一件事想拜託胡先生……」

他說他有三個兒子：大兒子投考本省中學沒有錄取，只得把他送到日本去留學，誰知他在東京住了將近十年，只學會了打撞球和玩下女，結果一事無成便回家了；二兒子也是到日本去留學的，但他獻身於政治運動，一去消息杳然；因此林氏的全部希望，只有寄託在小兒子的身上，他唯一的願望，就是小兒子能在雙親身邊的本省中學裡求學。現在他的小兒子是太明學校裡的六年級學生，編在伊籐導師的那一組，但那組學生並沒有課外補習，林氏雖然懇託過伊籐老師，請他特別加以指導，卻被他拒絕了。他逼得沒有辦法，只好來拜託太明。當然，以他那小兒子現在的程度而言，考中學是沒有把握的。

太明聽了這番話，以林氏對他信賴之深，使他非常興奮。他明知為別級學生——尤其是曾經誣衊自己盜名欺世的伊籐導師那一級學生——補習功課，將會發生不愉快的後果，但他因感於林氏舐犢情深，青年的心靈中，不禁燃起正義的火炬。他為了要貫徹這種正義，終於毅然接納了林氏的請託。

這事談妥以後，林氏如釋重責，漸漸地把話題轉到日常的生活上去。

「這宿舍實在太不成樣子了。」林氏環視著房內剝了皮、露出白骨的榻榻米說：「怎麼連榻榻米也不換換呢？」

「恐怕已經有三年沒有換了。」

「三年？可是預算上不是規定每年都要換的嗎？」

「去年年底我曾經申請更換，可是校長說沒有預算。」

「沒有預算？」

林氏頓時變色道：「這是什麼話？我新年裡到校長、伊籐老師和日本人女教員的宿舍裡去拜年的時候，他們房裡的榻榻米都是新換的，怎麼會沒有預算吧？必是他們幹的好事，一定是把預算挪用掉了。」

林氏接著又舉出一連串關於校長和日籍教員專橫跋扈的作為，才憤憤地離去。

由於太明的努力，學生們的學業大有進步。當他發現這種顯著的進步跡象時，深深地感到自己的努力已獲得相當的報酬，內心頓感溫暖起來。

「我應該盡自己的力量去幹，即使失敗也決不後悔！」

他抖擻著精神，宛如一個馳赴戰場的勇士。

考試的日期終於到了，結果任何誰也不能預測。那天太明一早起來，心裡就覺得惴惴不安，他好像突然墮入失望的深淵，所有的努力都前功盡棄，使他感到萬分沮喪。可是，現在除了靜待嚴正的判決以外，再也沒有別的辦法了。

考試的結果，太明的學生被師範學校錄取了一名，普通中學錄取二名，而且成績都相當優異。以各學校的錄取比例來說，這是史無前例的。太明感動得熱淚盈眶，連錄取名單上的文字，也變得模糊不清了。

突然，太明感覺到身後有人在拍他的肩膀，回頭一看，原來是林氏。

「大功告成了，恭喜，恭喜！」林氏緊緊握著太明的手說。

這時，太明忽然記起林氏的兒子來，全身竟像澆了一桶冷水似地；他起先只顧注意全校錄取的名額，卻忽略了個別學生的姓名，竟把林氏的兒子忘了。

「真對不起！」太明的雙手被林氏握著，低下頭來慚愧地說：

「是我的能力不夠……」

他的語氣帶著悽楚的淚音。

「那裡的話。」林氏反而鼓勵他說：

「胡先生已經盡了最大的努力，實在是小兒的程度太差了。」

說到這裡，林氏也不經黯然神傷。

入學考試獲得意外的成功，完全是由於太明努力的結果，這是誰也不能否認的；學校裡和城裡，不久便傳遍了這項消息，太明除私自慶幸以外，自己也覺得很有面子。第二天下課後，他正在整理文件準備回家的時候，內籐久子突然來向他道賀：

「胡先生，恭喜你呀！」

太明一聽到久子的聲音，全身頓時像觸電似地僵直了。久子接著親暱逾恆地說：

「你的毅力真不錯呀！」

太明對於久子的祝賀，自己也覺得受之無愧，兩人雖然沒有交談幾句，但彼此的心靈卻已相互溝通，默默地站著不發一言。

「恭喜，恭喜，胡先生！」瑞娥興高采烈地拉長嗓子衝破沉寂的空氣說：「你真了不起，真有辦法！」

太明對於瑞娥這種過份想討好別人的樣子，心裡著實有些煩膩，一時竟不知怎樣回答才好。也由於對瑞娥的煩膩，益發覺得久子值得思慕和景仰。

他在為學生們熱心準備升學考試的時候，曾經一度以為自己也許可以從此擺脫對久子的思慕，但以後卻證明那只是一時的錯誤；這只要看他一聽到久子的聲音，一看見久子的面影，就有些情不自禁便可以證明了。沒有和久子見面的那幾天，他對她的思念還是非常深切的。

以後，太明在偶然的機會裡，也遇見過久子幾次。在舉行過充滿悲歡離合的畢業典禮以後，學校便放假了。他在歸途的火車中，又和久子不期而遇。久子請他中途下車到她家裡去玩玩，這在久子也許只是對同事的普通禮貌，但太明對於這樣的訪問，卻不免有些躊躇。

久子的父母對太明這位稀客招待得相當殷勤，到家時正好是午餐的時間，他們便請太明吃「日本料理」。以日本菜而言，太明對於「炸麵蝦」、「鶉豆」這些東西雖然並不陌生，但對於「山藥湯」和「生魚片」，卻總覺得吃不慣。

「胡先生！你吃吃看。」久子津津有味地喝著「山藥湯」，帶著幾分稚氣的口吻對太明說：「這湯好吃極了！」

太明只用筷子醮了一下，筷頭拉起白白長長的山藥汁，他聯想著鼻汁，心一怔便不敢吃了。久子的母親見太明不吃「生魚片」，便對他說：

「這是鮪魚，嚐嚐看吧！」

她雖然很客氣地請太明吃，但太明卻怎麼也引不起食慾，只得勉強挾了一塊，囫圇吞下去。誰知他剛一吞下，忽然又泛上來只想吐，太明竭力忍耐著，連忙掏出手帕假裝擦嘴，乘機把「生魚片」吐在手帕裡，連眼淚也急出來了。這簡直是他有生以來從未嚐過的戀愛的苦味。幸虧久子的家人都沒有發覺，他們以為自己認為美味的東西，太明也一定喜歡吃的。

太明辭出久子家的時候，久子一直送他到車站，火車離站時，她還揮著手帕為他送別，這雖然只是暫時的小別，但太明的內心卻充滿別離的憂傷。

在向著故鄉飛馳著的列車中，他的腦海裡一直殘留著揮手帕為他送別的久子的倩影……。

故鄉的山河

久別歸來的故鄉，一切依然如舊：阿三、阿四也沒有什麼改變，「鴉片桶」仍舊終日吞雲吐霧，爺爺還是那麼康健，一天到晚端著水煙筒「呼嚕呼嚕」地抽個不停。太明很想和闊別的爺爺敘敘，但爺爺對長大成人的太明，竟像對待客人似地，倒使太明覺得不自在；不過，爺爺還是和以前那樣愛嘮叨，現在來了一個談話的好對手，他的話題從品茗開始，一直談到二十四孝故事，滔滔不絕，好像永遠沒有停止的時候。彭秀才聽說還在番界附近教書，父親依舊執行醫業，一心一意想積蓄點財產。這一切，看起來雖然和以前差不多，但無形中仍可以發現一些微妙的改變跡象：譬如阿三、阿四的額角上，都已經添了幾條深深的皺紋，他們為衣食奔走和為俗務所糾纏，看上去已經蒼老得多了。此外，二十年前聚集過數百族人舉行盛會的胡家大廳也冷落了，四壁被兒童們塗抹得污穢不堪，「至善堂」匾額上的金字也剝落了，神案上積滿了塵埃，燭臺上還殘留著多年以前的燭淚。自從族人星散以後，有些時代的落伍者，流落到東臺灣和南臺灣去，此外便是那些阿三、阿四之流遊手好閒的寄生蟲。

「阿三、阿四他們的時代已經結束了！」太明心裡茫然想道。

以純客觀的立場觀察各人的生活方式，是一件極富趣味的事：例如彭秀才是逃避現實的，爺爺是超越現實的，只有胡文卿卻拚命想抓住現實……。話雖如此，其實太明不是也正為現實的俗務而疲於奔命嗎？他所憑藉的，是青年的朝氣和未來的幻夢；但仔細想想，連這些也覺得毫無意義，反而會嚮往爺爺那種超越現實的心境。

爺爺講完二十四孝故事以後，接著對太明解釋「不孝有三，無後為大」，暗示太明應該早些結婚，爺爺好像不久以前才想到這件事，他希望太明這次回家省親，把他的理想付諸實現。那時男女結婚，只要男方明白女方的身世就行了，事前雙方不必見面的，見了面就表示同意結婚。太明最反對這種舊式的婚姻，所以他只考慮內籐久子的事。可是，無論他如何愛久子，但不了解對方的心意，還是無濟於事的。至少久子的事，還不能作為拒絕爺爺的客觀理由，因此太明覺得非常為難。但爺爺也不過探探太明的口氣而已，並沒有接著說下去，以後的話題便回到漢書上去了。值得驚奇的是爺爺的心目中，不知幾時也灌輸了一些新思潮。爺爺說：

「千百篇八股文，也抵不上一顆炸彈，現在是科學時代，舞文弄墨已經無濟於事了。儒教是歧視諸子百家的，他們不把它列入學問之中，但日本人卻能應用它，對於商鞅的律令法則，也運用得很恰當，下一代是應該研究科學了。」

太明聽了這番話，使他對爺爺的看法完全改變了。可是，他現在沒時間對人生作深刻的研究，他一心一意只惦記著久子，剛才爺爺說話的時候，他心裡還是懷念著久子的聲音、容貌和倩影。

第二天，哥哥志剛忽然提出分家的問題，陰險的志剛先繞著彎子說了半天，後來經不起嫂嫂的催促，才提出那句話。事情是這樣的：父親的小星阿玉已經生了孩子，還沒有辦理入籍手續，父親正在設法解決這件事。志剛認為趁入籍手續還沒有辦妥以前分家，可以多得些財產，所以巴不得早些分家，他希望太明和他採取一致行動。

太明知道哥哥的話完全是嫂嫂的意思，但他並不贊成這樣做，他認為父親小星的兒子，也是父親的兒子，應該以兄弟看待的。他不忍眼見父親正在各方奔走的時候，有人背地裡做出這種欺矇的行為，何況還要他參與其事，那更是做夢也沒有想到的。

「我只有一個人，」他終於不愉快地說：「根本不需要什麼財產，哥哥需要的話，你自己跟爸爸去分好了。」說畢，便起身回到自己房裡去了。

他獨自在房裡沉思，對於家庭間發生鬩牆相爭的醜事，內心萬分難過。

哥哥甚至提出妹妹秋雲明年進高女的學費問題，更使太明憤恨，對於這樣的哥哥，只有決心支持父親到底。

當然，納妾不是一件好事，父親有了這種弱點，可能會不顧太明的利害，一切聽從志剛的意見的。太明的眼前，似乎呈現著陰險嫂嫂的笑臉，和一切見利忘義的人的面影。納妾雖然不是好事，但所生的子女卻是無辜的。太明想到這裡，立刻想去和父親談談，被阿三、阿四和兄嫂他們包圍著的孤立無援的父親，一定是痛苦不堪的。太明進了父親的房間，氣憤憤地提出自己對分家的意見，他邊說邊流眼淚，也顧不得去擦它，父親和阿玉聽了都非常感動。

胡文卿近來顯得蒼老得多了，他老淚盈眶地望著太明，目光中含著無限的感謝與信賴。他抱起乳兒對太明說：

「這是你的弟弟，一切要你照顧他……」

那被抱在父親手中的溫馨小生命，露出無邪的微笑，使太明感到骨肉之情，真是無比地深摯。

家庭已不再是太明安居的地方了。父親表示在自己未死之前，絕不將財產分配給任何人，分家問題就這樣草草地告一段落；太明沒有等到學校開學，便回到學校的宿舍裡去了。久子不在的學校裡，顯得像人生邊境似地淒涼和寂寞。太明穿過鄉間的小路，本想去看看瑞娥的，但在她家門口徘徊良久，始終沒有勇氣去叫門。他帶著空虛的心靈回到宿舍裡，恨不得大聲呼喊愛人的名字，但他終於沒有這樣做，只帶著寂寞的心靈進入夢鄉，獨自忘去一切的憂傷。

註：原著為日文，本書使用遠景出版社出版譯本，張良澤譯。

他所憑藉的，是青年的朝氣和未來的幻夢；但仔細想想，連這些也覺得毫無意義……

吳濁流

1900 8月25日生於新竹縣新埔鎮

1910 十歲 入新埔公學校就讀

1916 十六歲 自新埔公學校畢業，考入臺灣總督府國語學校師範部

1919 臺灣教育令頒布，確立日本在臺的教育制度

1920 二十歲 師範學校畢業，任臺灣公學校正式教師

1921 臺灣文化協會成立

1922 二十二歲 發表論文《論學校與自治》，以「思想偏激」為由被調職至苗栗縣西湖鄉西湖公學校

1924 二十四歲 與十九歲的林先妹結婚

作家生平年表

1927 二十七歲 加入苗栗最大詩社「栗社」，任社內幹部

1936 三十六歲 小說處女作《くウげ》（《水月》）及隨後的《ベンの雫》（《筆尖的水滴》）皆發表於《臺灣新文學》／小說《どぶの鯡鯉》（《泥沼中的金鯉魚》）榮獲《臺灣新文學》徵文比賽首獎

1937

皇民化運動

1938 三十八歲 因抗議校長對青年實施軍事訓練，免關西公學校主席訓導一職，被調為馬武督分教場主任

1940 四十歲 服務二十年獲勛，但因抗議郡視學（督學）凌辱臺籍教師無效，憤而辭職

1941 四十一歲 隻身前往中國南京，任南京《大陸新報》記者

年份	生平	時代背景
1942	四十二歲 返臺，任職農會主任	皇民化運動
1943	四十三歲 起稿長篇小說《胡太明》，後定名**《亞細亞的孤兒》**	
1944	四十四歲 任《臺灣日日新報》記者	
1945	四十五歲 光復後，轉任《新生報》記者／**《亞細亞的孤兒》**完稿	二戰結束，日本投降／國民政府接管臺灣
1946	四十六歲 轉任《民報》記者／籌組崇正出版社成立事宜	臺灣省國語推行委員會成立
1949		戒嚴
1960		白先勇、陳若曦等人發行《現代文學》
1962		臺灣電視公司開播

年份	吳濁流	年份	時代背景
1964	六十四歲 成立臺灣文藝雜誌社，發刊《臺灣文藝》月刊／設立「臺灣文學獎」		《笠》詩社成立／吳濁流主辦之《臺灣文藝》創刊
1965	六十五歲 自臺灣機器工業同業公會專門委員職退休		
1967	六十七歲 完成中文回憶錄《無花果》		
1969	六十九歲 以退休金十萬元設立「吳濁流文學獎」基金會		
1972	七十二歲 長篇日文小說《台灣連翹》起稿		
1976	七十七歲 感染風寒，併發肝疾、糖尿和白血球過多等症，10月7日病情惡化逝世		
		1977	鄉土文學論戰爆發
		1987	解嚴
		1988	報禁解除
2003	吳濁流藝文館於苗栗縣西湖鄉落成		

歷史常是反覆的，歷史反覆之前，我們要究明正確的史實，來講究逃避由被弄歪曲的歷史所造成的命運的方法。

——吳濁流 日文版自序

吳濁流：歷史巨輪下的鐵血行者

作者　吳濁流
潤筆　張良澤
發行人　楊長鎮
發行單位　客家委員會
地址　新北市新莊區中平路 439 號北棟 17 樓
電話　02-8995-6988
總督導　鍾孔炤、周江杰
行政策劃　廖美玲、黃綠琬、劉慧萍、周彥瑜、柯乃文
執行團隊　VERSE
總編輯／社長　張鐵志
副社長　蔡瑞珊
專案統籌　黃薇珊
執行企劃　李豪
執行編輯　李尤
編輯顧問　彭瑞金、申惠豐、簡義明
文本、影像授權　吳杏村
譯本授權　遠景出版社
設計　賴佳韋工作室
插畫　ONE.10 Society 簡士閎
印刷　永暘國際開發有限公司
編印　一頁文化制作
地址　臺北市大安區建國南路一段 177 號 2 樓
網站　www.verse.com.tw
信箱　hi@verse.com.tw
版次　初版一刷
出版日期　2023.01.31
ISBN　978-626-7242-07-0
GPN　1011200081
定價　新臺幣 199 元整

國家圖書館出版品預行編目資料

吳濁流：歷史巨輪下的鐵血行者／吳濁流作／初版／新北市：客家委員會／2023.01／面；公分／ 倢庄文學；1 ／ ISBN 978-626-7242-07-0（平裝）／ 863.4 ／ 112000012